AF451262

RENDICIÓN

José Montero
Irwin Valera

RENDICIÓN

José Montero e Irwin Valera

© GATO VIEJO PRODUCCIÓN EDITORIAL S.A.C.
RUC. 20603147414

Mza. 72 Lote 1 Grupo 10 - Huáscar - S.J.L. - Lima
E-mail: director@gatoviejoediciones.com
ISBN: 978-612-4433-24-5

Lima – Perunmanta pacha rur

SERENATA

Íbamos a vivir toda la vida juntos.
Íbamos a morir toda la muerte juntos.
Adiós.
No sé si sabes lo que quiere decir adiós.
Adiós quiere decir ya no mirarse nunca,
vivir entre otras gentes,
reírse de otras cosas,
morirse de otras penas.
Adiós es separarse
¿entiendes?, separarse,
olvidando, como traje inútil, la juventud.
¡Íbamos a hacer tantas cosas juntos!
Ahora tenemos otras citas.
Estrellas diferentes nos alumbran en noches diferentes.
La lluvia que te moja me deja seco a mí.
Está bien: adiós.
Contra el viento el poeta nada puede.
A la hora en que parten los adioses,
el poeta sólo puede pedirle a las golondrinas
que vuelen sin cesar sobre tu sueño.

Manuel Scorza

Me dijiste "creo en ti"
"soy tu bomba de autoestima"
y yo supe que eras tú
mi canción, mi medicina
el remedio a mi dolor

—*Luis Ramiro*

cuesta entender que la persona que te hiere
sea la misma a la que estás necesitando

—*Marwan*

Desde que se fue no tiene sentido
la cola en el fucking tren

—*NoRecomendable*

"Eres dramático, me dices y soy consciente que si alguien
que te interesa tanto, te ignora, entenderás que no es
drama, es impotencia de que nuevamente el amor sea tan
disparejo, que la falta de atención no sea por tiempo, sea
por falta de interés y este último sea el fin de todo".

—*Felix Matienzo*

A Melany

Y en tus defectos
acomodé los sueños
No hay nada de ti
que me desaliente

RENDICIÓN O LA OPCIÓN POR UNA RECUPERACIÓN ROMÁNTICA

Rendición titulan José Montero e Irwin Valera este libro construido al alimón, con poemas que expresan historias de amor paralelas, que aparecen sobre el paisaje de las calles del Cusco reflejada en la portada, sus piedras legendarias y sus casas mestizas, de basamentos incaicos y vuelos hispánicos. No deja de sorprender la decisión de un libro de amor conjunto entre dos poetas y esa opción es un reto del que salen bien parados.

Las citas iniciales son una elección significativa, con textos de Manuel Scorza, Luis Ramiro, Marwan, NoRecomendable y Félix Marienzo, que expresan situaciones y posturas ante el amor, desde la sorpresa del abandono, la convicción, las contradicciones amorosas, el sinsentido o el dolor y la impotencia. Una mezcla de referencias sorprendente que se refleja en el interior.

¿Y a qué se rinden? Parece que no queda otra que rendirse al amor. Un amor romántico, ilusorio, pero carnal y material, nada platónico, pasado por la cultura popular, por la cultura de masas y la cultura de consumo. Una poética sin renuncias, híbrida, como calificaba García Canclini la cultura latinoamericana de nuestro tiempo. Reflejo de la mixtura de lo culto, lo popular y la cultura de masas. Referencias sólidas, referencias de la calle, referencias musicales, de la cultura digital de los millennials, ecos en torbellino de un universo complejo y plural que conforma a una generación. Se ha hablado mucho y se ha criticado mucho a lo que se ha venido a llamar La lira de las masas (Martín Rodríguez-Gaona lo bautizó), pero expresa una realidad sentimental que es patrimonio de una generación y que está presente. Otras generaciones hemos sido deudoras directas de otras expresiones que en su momento aparecían como innobles, como la Beat Generation.

Y aquí hay un amor romántico, en José Montero, siempre en primera persona, donde lloran los gatos, ante la indiferencia de humanos que suben el volumen del televisor, donde aparecen mujeres incendiarias, Lima se pone en cuarentena, la amada se va y deja todo roto, tras las insólitas fotos abrazados, mujeres que te pueden descarrilar, amores políticos que parecen salidos de un nuevo y blando mayo del 68 peruano, las rupturas con deseos de quemar el colchón como reclamo, amores aparecidos casi como milagros terrenales, adioses de despecho que reniegan de la condición de poeta, un amor que vuela mezclado con el Ché y la lucha, piar como un canto al universo, hogares que se frustraron con amores que se ya no desayunarían juntos, amores de las manifestaciones feministas del 8 de marzo, amores, amores, amores, mezclados con lo cotidiano y lo (políticamente) trascendente. La evolución queda lejos, pero cuando más hago el amor, más ganas tengo de hacer la revolución, aunque sólo sea un eco de un lejano paraíso. Roque Dalton debe estar por ahí entre los poemas, como asomándose burlón entre versos y prosas poéticas. Y al final, cómo no, siempre se rompe el corazón.

Y frente a Montero, Irwin Valera que se inicia con una teoría del amor en tercera persona, en textos más prosaicos a veces que poéticos, para pasar de inmediato a la introspección y casi a una suerte de regresión y arqueología personal del amor, desde la infancia a una especie de psicoanálisis freudiano que termina, obviamente, en Edipo y que no encuentra otra correspondencia más allá de la muerte. Como una antítesis de Quevedo, pues no será polvo enamorado, sino un amor truncado que llama a la muerte por despecho. Los adioses de Irwin son una búsqueda que en la no se encontrará plenamente, algo que, si viniera, llegaría sin él. Un amor incompleto, eternamente insatisfecho, y cuando llega y parece consumarse, le hace sentirse siempre el derrotado, en segundo plano, sin capacidad de abandonarse del todo a un amor que parece traerle y llevarle a su capricho.

Rendición expresa en todo caso una mirada actual y plural de la experiencia amorosa. ¿Romántica? Inevitablemente romántica, heredera de una larga tradición literaria que entre nosotros se enlaza con los Larra, Becker y los Zorrilla, pero también inevitablemente con Rubén (Darío) y Neruda.

Diré que yo soy más de otros palos, pero que los caminos de la poesía son inescrutables y puede que el faro de Hora Zero en el Perú, con sus ecos infrarrealistas y bolañescos, siga iluminando un camino. Pero el Romanticismo, es evidente, resulta irreductible. ¿Quién no quisiera vivir una perdida historia de amor en el Cusco?

Javier Dámaso

José Montero

"Espero hayas tenido bonito día", fue lo único que puso, quise decirle que estoy hasta las trancas con la flema, que en el bus por pensar en ella me pasé dos paraderos, que en la venta solo hice veinte soles, que el café me alteró más los nervios y que sigo luchando para que no me coman los intereses a fin de mes, pero no pude decirle nada pues mi día empezó a ser bonito por ese mensaje por esa caridad de su amor, por mi maldita costumbre de amarla.

—NoRecomendable

Nosotros los humanos
escuchamos llorar un gato
y no hacemos nada
y si pone la cerveza que siga llorando
si invita el almuerzo solo porque quiere contarnos que
estafaron sus sueños
que siga llorando
y te cuente que ahora le cuesta dejar de amar las tijeras, las
pastillas, el bonito vaivén de las autopistas de madrugada, el
no saber si hay mañana
que siga llorando
él pone las chelas
y te cuente que se le está borrando del diccionario la
palabra amanecer

Nosotros los humanos
somos esa especie
que escucha siempre desde el balcón
y sube el volumen a la teve

Llegaste
incendiando todo el parque
la alameda y al sol
quebraste un nido
el wifi
las oficinas
y te creí pólvora

Cuento y Cusco por si te llegas a ir y no encuentro el interruptor de este amor

Debí haber reclutado más sonrisas tuyas
algunas nubes del último viaje
guardar también las fotos donde por única vez salíamos
abrazados
sin importar el mundo, sus decires
para así en esta despedida sin marzo
no duelas tanto
y verte aunque sea invisible
queriéndome
cabizbaja pero queriéndome

Debí en una de esas noches contarte que toda Lima
estaba de cuarentena
que los locos gobernaban y había un gato mendigando
poemas
era el fin del mundo y tus sueños de guerra habían
comenzado
y que estábamos seguros entre tanta piedra y estrellas
no había motivos para volver
y entre esa oscuridad recordar tu cumpleaños
las velas y querer estar entre tus deseos
como ahora, como antes de despertar

Ella se fue un veintitrés
y rompió el año en tantos pedazos
a la ciudad, a su verano que tranquilamente llevaba su piel
ese paisaje, color de la vida

Ella se fue
y me acusó de quererla tanto
de la intensidad en pleno siglo xxi
que así ya nadie quiere
como poeta, como en plena guerra

Ella se fue
y dejó una ciudad con el recuerdo brotando en todas las
esquinas
es la calle que redacta mi pesar

Ella, revoloteo

Ella me puede
apachurrar
besar
contar sus problemas con la patronal
querer derribar la patronal
cambiar el eje del planeta donde habito
cambiarme de planeta hacia un asteroide distinto
donde estemos solo los dos
y comprar un carnero luego
ella me puede
desarmar
transformar
pintar
inventar nubes con todos los climas
despertar a las dos de la mañana y correr a buscarla
ella me puede descarrilar
estrellar
prometerme un planeta
y volverlo a estrellar
y volverle a creer
ella me puede destilar todas las venas
ser cortina de humo o humo en la cortina
ella puede ser un país con propia bandera
un ombligo con bonitas puertas
y ser el color de la bandera
ser unos ojos o mis ojos
una almohada para la medianoche
contagiada de amaneceres
un abrazo que me haga dormir mientras la quiero
somnoliento por todo el amor
ella puede ser
despegue

pista de aterrizaje
un peldaño en altamar
el arcoíris que le falta a casa
cicatriz y el ungüento de mañana
la abertura, la sal
la marea que me pierde
porque a veces detesto encontrarme
la banca donde conversan las aves
y ella puede ser esa conversación
los trinos, el revoloteo en el mínimo espacio,
horizonte,
medio verso que se despierta
ella es esa bienvenida desde el aire
dando vueltas
ese momento tan risueño
junto a su tercera acepción

Solo quiero auto-desahuciarme
un momento
no sentir que mañana te vas
porque todos van a ponerse en contra
porque nos equivocamos al encontrarnos
y nadie pronostica un futuro/un criadero de aves/rellenar
nubes/comprar cojines de algodón/intentar desayuno tras
desayuno
porque te irás
justo en el momento en que creía tener buena suerte en
esto
y alineaba mis oraciones o alguna que otra canción que
nunca has escuchado
y empezaba a creer en religiones

Ahora cuando te vayas
voy a quemar un colchón
odiar un planeta
alentando el efecto invernadero
bailando
porque como no sé bailar
he de ahuyentar la lluvia
con eso
y todo se queme
o solamente yo

No debí viajar así, todo hecho jirones, con toda la pena del mundo que no sé si se acabe en una semana. Debí viajar feliz, extrañándonos ambos, con todas las promesas listas y me esperes al aterrizar, pero no, sé que todo será más distinto al volver, que la ciudad será distinta o volverá a ser la misma de antes, llena de esquinas cualesquiera, llena de silencios y sobre todo tú caminando en otros lugares

Tiempo pasado

Y me trajo un café
a eso de las diez
solo para acompañar su ternura

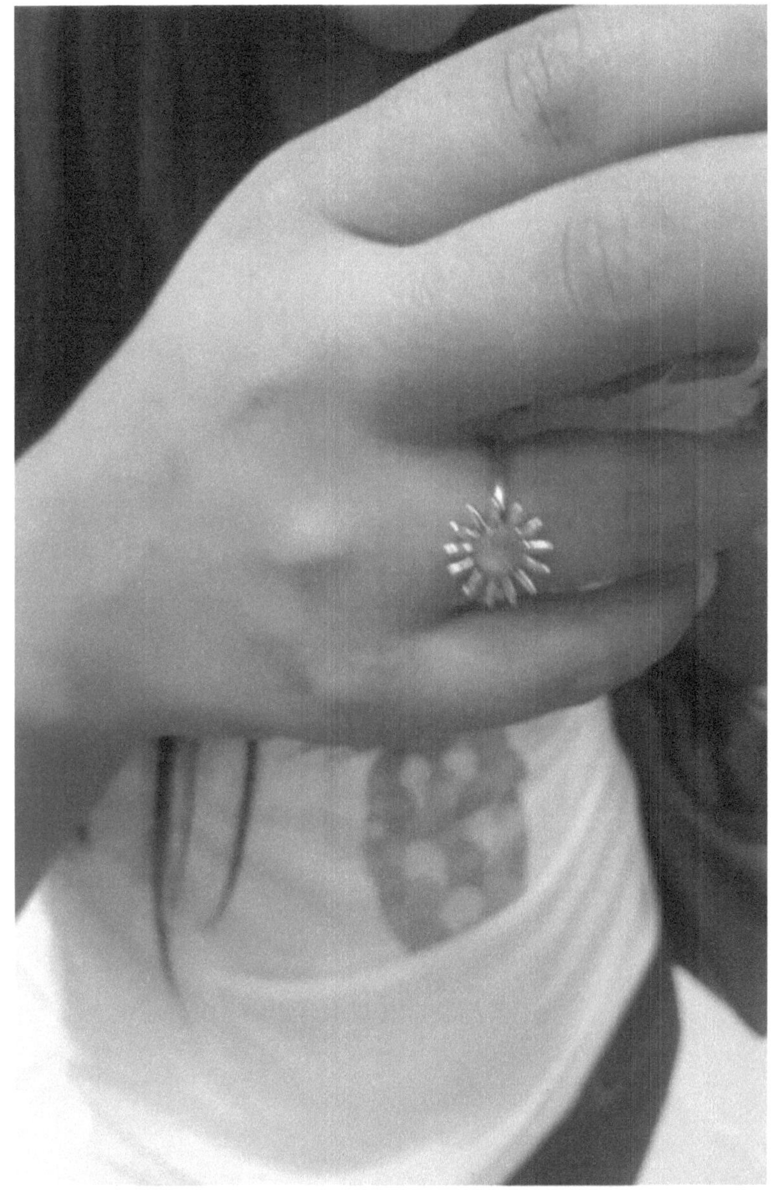

Te extraño

Apareciste antes de la primavera como promesa de que
todo tendría que ir bien. Así lo creo. El viento traía soles,
mordiscos de otro planeta, una cintura que aprendía a
dibujar pecados y algo más. Apareciste, se me hacía agua la
boca, un mar, un río y sus salmones, espuma que decoraba
tu llegar. Apareciste como aparecen los milagros, sin avisar,
sin chistar o presumir, y sonreías antes adelantando tu
camino, radiante, explosiva, agosto, juvenil y chispeante
como cielo de navidad
Así te quiero o quizás te quería ya de antes
¿quién sabe el lugar exacto de nuestras estrellas
el dios que nos respira
el juego fuera de la ciudad?
Porque a veces cancelo el destino o lo coloco en los
asuntos más pendientes del escritorio, donde elaborábamos
otro planeta, con madera, con fuerza de sol, un tambor al
asumir tus caderas como patria, mientras esta forma de
extrañarte, acongojada y desafiante,
acumula pretextos y va de shoping y busca cartuchos y
mechas de colores

Illareq Chaska, Luis de la Puente
y la luna que vuelve a aparecer
(microcuento-micropoema)

Ella sabe volar
y es por eso el motivo de la rebelión
Ella sabía despegar e insultar a los que mordían la
patria/despegaba tanto que morir era un invento que había
pasado de moda
Y sonreír era...
sonreír era la vitamina de su vuelo

Las alas empezaban a prohibirse en todo el Estado/ volar
era terrorismo
y la luna su bandera

Dicen que De la Puente conoció al Che cuando era aún el
Ernesto del río frente a los leprosos y lo cruzó, y que luego
lo vio con la aureola que caracteriza a los que saben de su
misión/ a los que saben que vuelan

Casa por casa/incendio tras incendio/ y el mercado negro
tampoco vendía alas
ELLA DESPEGÓ Y SE CAMUFLÓ EN EL VIENTO
La guerra inició en su cumpleaños: había que pasarse
siempre la vida peleando/ que el deber así como la poesía
era el pan nuestro/la guerra era esa forma de sembrar
futuro

Y así fue

Ella llegó al territorio y les enseñó a volar
mientras que a él se le ensanchaban los ojos por eso el uso
recurrente de los lente botella

Decía el Che en los 60 que el parlamento era una colina
rodeada de fuego enemigo. Los tiempos han agregado a esa
colina comodidad/el pantallazo del auspicio/ese deber de
querer ser siempre el caudillo inmolado en el cafetín y de
paso insultar a Lenin

Ella enseñaba a volar sin descanso/su camino de viento no
paraba y el ocaso fructificaba las horas/ todo dependía
ahora de la fuerza de los pegasos.

Ellos ya no eran solo hombres

Ella tenía 19 y barrotes de promesas/ la democracia que
perseguía todo tipo de pestaña en luz y a ella

La primera escuela se llamó Estrella del amanecer. Un
oxímoro. Un encanto. Illareq Chaska. Idioma de los que
nunca dejaron de resistir y su ejemplo perdura desde los
Vilcabamba hasta el padre de todo: Túpac.

Mientras De la Puente: yo encantado si la veo/ si le regalo
un bosque y un acordeón dentro de él/ sin pedir nada, ni
siquiera aprender a volar y la luna era ella que enseñaba a la
patria y yo tengo su voz y con ella hago poesía que incluye
el volar, el rebelarse ante esta gravedad que me repite que
sus ojos no nacerán en los míos

Y con toda esta intención de empezar un combate le digo y
no le miento que toda esta fuerza/ que toda esta fe lleva su
rostro en retazos y se es contento

La historia continúa y llevo de recuerdos tus pestañas y sus
obsequios

Gelman, ella y esas ganas de piar

Vamos a piar como constelaciones
piar por el techo de las nubes
con ese permiso tan natural antes de los dioses
Piar de la mano sobre tantos escombros que te hiciste/que
te hice
piar como único recurso del amor

Vamos a piar como toda la nostalgia religiosa de Gelman
antes de gritar dictadura a la dictadura y recibir culetazos en
las costillas/en la poesía

Te quiero y pio
te construyo un buen nido
el abrigo para tus ojeras
para las rodillas otra forma de armar
ese vocabulario que voy a reinventar en tu espalda

Vamos a piar mientras nos comemos y afilamos los
colmillos

Es que ir a gritar / contigo / ya es asegurarse y sobrevivir

Íbamos a tener toda la vida juntos
y eso implicaba tener fórmulas para cada día
algunas para la cocina, los guisos que ella quería aprender
los desayunos favoritos, dietéticos, que combatan la
pesadumbre de la inercia, de la gravedad, de los besos que
engordan y por eso te vas
porque quién podría soportar tanta oxitocina, dopamina al
cien,
un posible colapso lleno de heridas

Íbamos a tener toda la vida juntos
conquistar planetas para Eva, Mika y quien se apuntase a
esta aventura, una madriguera por si llegan los aviones, una
fórmula de bomba atómica bajo nuestra escalera, porque
iba a ser nuestra, su color en primavera y creeríamos en
navidad porque nos gustaba alimentar sueños, un satélite
final para ese dios, nuestro hogar

La vida continúa
poeta
y lo sabes
ella solo no quiso compartir
más sus alas

Ocho de marzo

Quererte sobre todo en las noches
es cada día peligroso
o eso supongo
porque ayer transporté anfo, urea,
un poco de paz por las calles de Lima
y los de verde me saludaban
llevaba la historia del planeta en la mochila
esto de quererte y que no estés al parecer
me hace inmortal
un pinche aprendiz de mago
y saludé
pregunté si te habían visto
en la protesta del ocho de marzo
si algo de fueguito quedaba en ti
o el neón ya te había conquistado
y las promesas de otro país
se descongelaban en alguna noche
y que los verdes vayan a casa
que esto no es contra ellos
aunque a veces parezca que sí
que yo solo dejo anuncios
avisos que van a reventar el neón y lo artificial que tanto
brilla pero dura poco
porque prefiero el sol, la lucecita que desprendes al caminar
y extraño tanto

Preparación

Si contara las pequeñas tardes que ella obsequió en este corto tiempo, lograría una novela muy corta, casi desastrosa, principalmente por los bares que al término de la misma empezaba a visitar. Fue un amor de esos que te da sed y que no encuentras el antídoto en ninguna botella de ninguna barra de ningún concierto. Y en una de esas tardes ella aseveró que el amor debe siempre tener una dosis de desinterés, que observar las estrellas del otro era parte de un trastorno obsesivo y eso no era sano. Ella absorbía estrellas.

Entonces, un corazón antipostmodernidad como el mío no era negocio y debía apartarlo cuanto antes, ocultarme en una de sus estaciones podría ser peligroso, acciones que iban a terminar mal y en muchos accidentes. Tener muchas estrellas de obsequio no era algo llamativo para su corazón.

He debido morir una noche borracho de nada

La única lucha que se pierde es la que se abandona.
Ernesto Che Guevara.

Una botella de vidrio acomodada en sus manos, un litro de esperanza y algo más, combate, harto combate, mirarla a los ojos, inventarle cuentos medievales donde volar, volar, coger mientras las nubes se deshacen sobre su pecho. La botella debe ser de un litro, un tercio de gasolina y más cuentos, que todo es lucha de clases y que si la amaba ahora, la amaste antes, conquistando desiertos, matando reyes, quitándose las cadenas juntos; gasolina, aceite de amor o motor de algún bus que transita y destruye Lima. Migas de plástico, y seguir enseñando la forma de cómo tirarla cuando esté cerca el enemigo, de no preocuparse porque ya hace más de quinientos años no tenemos nada de qué preocuparnos, que el verdadero incendio fue una noche donde escogíamos un lugar cómodo y barato. La mecha que se corroe por la barra, una foto que tuve que robarle de la cartera antes que se marchara, gritarle que ese día esos pájaros no cantaron por nada, que no nacieron por nada.

Colocar una mecha apropiada, siempre lanzar desde la cintura, a riesgo de quemarse la cara, ángulo de 45 a 30 grados, frente a frente, a quemarropa nunca podría fallar, apuntar, mirarla a los ojos, apuntar al objetivo, esto es solo un ensayo, corazón, las mañanas van a variar cuando se acaben más cervezas. Las fotos de sus dedos en la próxima portada del próximo libro, recordarle que ella fue más que futuro, tu sonrisa cuando crecía el fuego, abrazarte como compañeros, descifrar los huequitos en tus mejillas y ponerles significado en mi cuaderno de notas. Todo era perfecto, ella quería pelear y yo quería llevarla a la pelea.

Una ronda más que la cordura se avecina y quiere disipar las dudas, el freno de los ojos no volverá a ser el mismo. Colocar la chela cerca al corazón. Las recetas de preparación pueden variar según la zona donde se logre la preparación, el uso del tecnopor y bolsas de plástico también son efectivas. Acomodar sus dedos sobre la botella, quitarle cualquier rezago de gasolina perdida, cuidarla, calcular el viento, su viento, la tormenta que ayudaría tanto a desplegar las llamas, pero que en estos instantes

Rómpeme el corazón
una vez más
como un tren por la acera
quiébrame
que quiero regalar mis huesos
a los más chicos
a los que se equivocan
y se levantan
beben patria
y pintan estrellas con un solo pan

Rómpeme el amanecer
quítame otra vez el cielo
arropa más a las nubes que a mí
que aún creo en el poder de los libros
y alguno ha de ganar el premio a la soledad

A eso aspiro estos días
y a nada más

Antidepresivo

Y quizás lo único que necesito
para soportar una de estas pandemias
psicológicas que vienen con neón y sin neón, con todo el
individualismo del planeta, el yo y yo en todos esos cuentos
programados desde París, FBI, CIA y Made in China
es que ella escriba una sola vez
antes de semana santa donde todos van a morir porque
tienen suerte
que escriba y solucione lo que ya no existe
seguridad
alegría
primavera en el calendario
un nueve de septiembre y su cintura
la vida en el diccionario
que escriba y diga aunque sea por fe o piedad
"¿Dónde estás? Voy a buscarte"
solo eso
nada más

Insomnio

A veces no duermo
busco las constelaciones
que dejaste abiertas
entre las sábanas

Y le mando todos tus poemas
a todo el mundo
a concursos
antologías
revistas de malls
periódicos deportivos
críticos aguafiestas
al periódico mural de una biblioteca
que nadie visita
al mismísimo alcalde
al portavoz del presidente
que ya aburre verlo cada día a la una
al vendedor ambulante
también al que vende autoayuda
a sus hijos que no reciben ayuda
a los que hacen partes de guerra
a los que tienen tu suerte
y no se enamoran
a algún correo
de esos que aún tiene estampitas bonitas
a todos
y ya no a ti

Te guardo una lencería
y junto a ella su pena, ternura
aguante de las noches
donde vencíamos a dios
testigo tu solo ombligo
estoy seguro
saltaba algo con alegría futura

Te guardo un triunfo ante el sistema
algo que empiece en tu nombre
y haga boom un día de estos

Te guardo un salud
y una foto de los dos

Te guardo ese baúl
de muchas más intenciones
como si se acabara el mundo mañana
y nunca más volvamos a tocarnos las manos

Te guardo un pequeño rencor
tan nube
porque entiendo que no sepas
matar bien los sueños
ahogarlos, espolvorearlos con dinamita
como cuando dijiste que harías algo con chocolate en casa

Te guardo ese beso en la frente
porque necesito que se repita
hoy
antes que no despierte
este sinónimo de planeta

Te guardo eso que nunca te conté

Te guardo y resguardo
como cuando se vence el recibo

Te guardo ansioso
con el volumen en alto
así tenga casi setenta y un bastón barato
me quiera perder el paso

Te guardo esta pequeña almohada
que casi ya no sonríe

Te guardo tanto
que siempre te lo voy a decir

Adiós

Gracias por la fialdad,
supongo que ayuda,
que te aligera la carga.

Adiós dos de Huáscar
ferretería
el escondernos de tu mamá
y que nos entienda algún día
pero hoy ya no

Adiós veintinueves
piscina y viento
escapes de la ciudad que tanto nos apestaba
o quizas menos a ti
más a mí

Adiós Canto Grande
aquel sube y baja
el jugar
el jugar
principalmente el jugar

Adiós casita de perro
niña y sus colores
cargarte en la playa mientras jugabas con Mikaela y era
héroe
por alguna vez

Adiós nueve nueve siete uno ochenta
y la vida
en alguna madrugada

Adiós
yo nunca quise nacer poeta

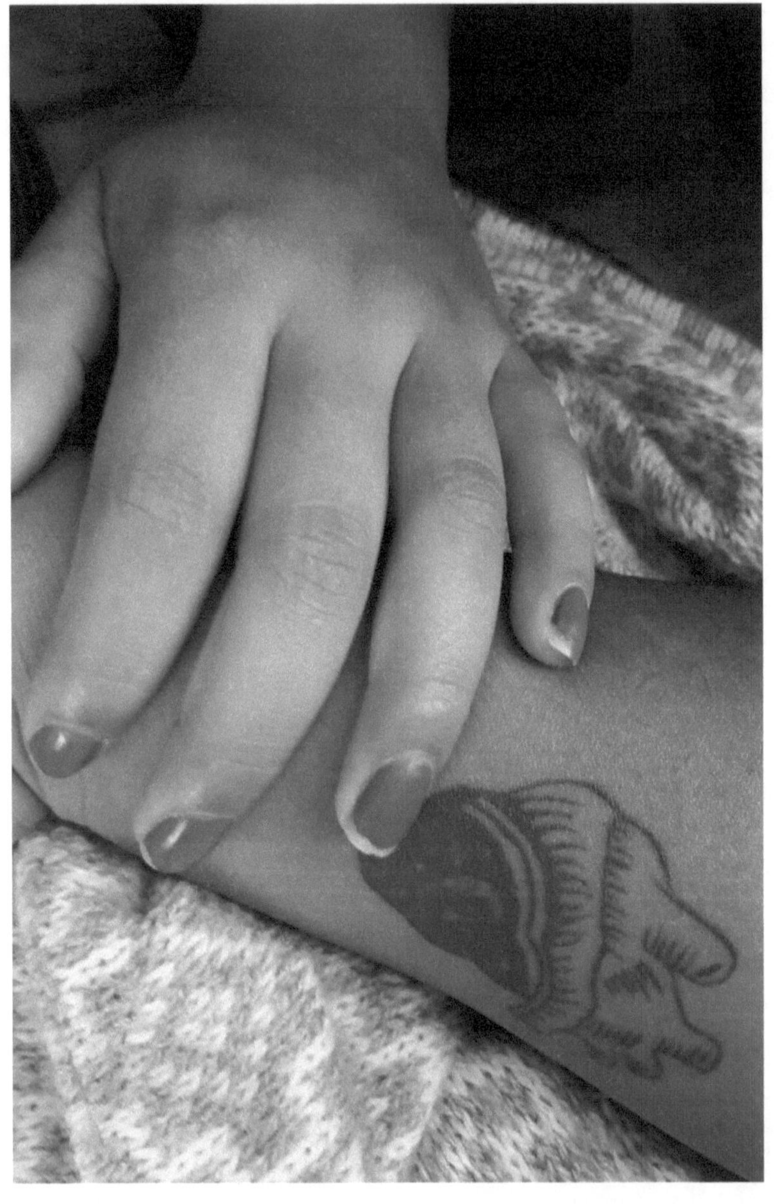

Irwin Valera

43

Los poetas solo saben morir

Los poetas escriben del amor, pero no saben nada de él, están completamente solos, o saben algo del amor y por eso huyen de él.

Veo a menos de un metro de distancia el amor, ella acostada en su hombro, soñando con algún paraíso donde las olas tocan sus pies, la brisa acariciando su rostro, tomando un pisco, tomada de la mano de aquel que huele su cabello, y quién sabe, recarga el amor. No se necesitan palabras para aterrizar, porque literalmente están entre las nubes, cerca de sus sueños. Pero tanta paz confunde mi desdicha. En qué momento ella se desprenderá de él, en qué momento él dirá algo que la enoje, y luego él se pregunte "¿y ahora qué dije?". El amor solo sabe devorar universos, sonrisas, y por la noche le gusta jugar a la melancolía. Sé muy bien que hay quienes disfrutan temporalmente de esa ilusión llamada enamoramiento. Tristes que han pedido licencia. Pero ella sigue allí, se acomoda y ahora él la abraza, sabiendo de por sí que luego le dolerá el brazo y terminará entumecido por tanto cariño. Creo que esto del cariño es otro invento de apego que sabe a caramelo, pero hace daño. Yo recuerdo haberme encariñado a mis cinco años con mi maestra de jardín; ella tenía el don de calmar, y con firmeza alineaba toda esa energía que traemos por ir en contra de las órdenes. A los trece años me volví a encariñar sin ser correspondido, miraba de lejos a lo que creía el amor, sonreía si me miraba, pero también eran oscuras las mañanas porque ese cariño murió con tanto silencio. Luego de algunos años me encariñé muy seguido, pero ningún cariño se quedó conmigo; porque el cariño no es amor, supongo. Pero el amor tampoco es constante, aunque idealmente eso nos hayan vendido todos. A todos mis amores les digo que la muerte es la única que me espera. Aunque debo aclarar que el único amor que me lleve a su tumba del olvido será el de mi madre; ese amor que se concreta en cada momento.

Tal vez huyo del amor, y cuando ella huye de mí, le sigo los pasos, pero me escondo porque le tengo miedo a perder. Y ya he perdido mucho. Algún día me iré, y lo único que quedará de mí serán estos intentos de amor: tu sonrisa tonta que volará entre las nubes, tus manos que nunca me correspondieron, tu mirada que parecía ver el universo, mis intenciones de darte este amor profundo y tierno; porque te di todo, te di mis ojos para tus noches, mis labios para pronunciar tu nombre, mis manos para sostenerte, mis ganas para los días sin luna; te di todo, y si eso no era amor, entonces no existe; y solo queda la muerte mientras la sigo viendo acostada en su hombro, ahora tomados de la mano, y entre ellos, la muerte que camina lento. Y ahora me espera la muerte, para que este amor que te tengo y que tú no quieres, sea el último en mi vida, para que digan de mí que te quise hasta el final y que esto fue eterno; porque lo eterno solo llega con la muerte, y tú has llegado hasta aquí.

11:52, 29 de noviembre, Piura, Perú.

Adiós

Llegarán las hadas
las hojas de otoño
el abril de los adioses
la luciérnaga sobre el pastizal
el otoño junto a la soledad
el sonido de la justicia que es silencio
la lluvia por la noche para limpiar mi desdén.

Llegará el lunes como si fuese domingo
un adorno sobre la mesa que vale más que un pan
la jornada al pie de una quebrada
y luego la ruina y el llanto.

Llegará la noche
con los ojos cerrados
las voces diciendo todo de aquel cuerpo
y a mitad del crepúsculo
la partida anticipada
y un encajoso bullicio
como si eso animase el polvo.

En medio de una lágrima
y en el centro de un te extraño
al costado de un corazón
y debajo de alguna mirada
llegará lo que se busca y no se encuentra
las tardes con abrazos eternos
los besos y la ternura del toque de las manos
llegará el amor y se disipará la duda.

Ya llegará
y yo ya no estaré.

Aún te extraño

Juego de tal manera que hago parecer todos mis sueños como planes para invocar excusas en medio de la noche. La luna es una cómplice silenciosa que susurra hojas, y por eso, en este lugar, desde que no estás, parece otoño. Sin embargo, el cielo, a veces, se pinta de esos extensos amarillos y naranjas que me recuerdan tus manos sobre alguna memoria que parece querer huir.

Hace unas noches soñé contigo. Fue un lindo sueño, tal vez un llamado a la felicidad que no ha vuelto desde que dejaste la puerta abierta. Desde esta habitación solo sé beber migajas de colores que le quedan al arcoíris. Persigo unicornios, y aunque no soy experto en montarlos, parece ser que eso detiene el olvido. Este es el sueño más irreal de todos: me das un beso y yo te tomo de la mano. Quién iba a pensar que algunas semanas serían más que suficientes para rechazar el olvido, y ponerle carteles de ocupado y tu nombre a todos mis futuros. Te extraño, y es indudable las ganas que tengo para odiarte, porque este querer no se va. Y aunque todo termine en algún vaso de algún bar, y como quien dice tomo para "borrarte" lo único que sé es volver a escribirte; porque estos intentos de echar al tacho la inspiración se esfuman. ¿Por qué no te vas? o ¿por qué no te dejo ir? Si es tan simple la muerte, por qué entonces no se muere tu mirada y tus hoyuelos en el charco; por qué este pasado se hace indudablemente presente en cada paso; y si tomo, lo único doble que veo es tu nombre en esta tonta ciudad y sus paredes con propagandas que nadie lee. Te extraño, maldita sea, te extraño de la manera más cruel que se podría: tú allá, siendo feliz, y yo aquí, lejos, intentando olvidarte.

Principio

Me quedé observando sus cabellos, alborotados y sin fin; se elevaban entre sus pensamientos, sueños de una princesa que ha tomado el toro por las astas y no duda en sonreír o gritar. Allí estaba, recitando su vida, enumerando tácitamente las formas en las que el amor habita en su sonrisa. Luego vi sus ojos, que por momentos parecían ser dos lagunas llenas de universos que hoy me han cedido el don de ser feliz, y mientras tanto, parecían desbordar nostalgia y fe, pero todo se pierde en su sonrisa, en su forma de mostrar algo de enojo, o qué se yo. Tal vez pueda conocer el delirio si declaro que la noche ha sido perfecta. Desde que salió de aquella puerta, e incluso cada segundo que seguía, fue eterno, para luego no olvidar que en febrero se halla la ternura acostada a mis pies. Y lleno de luz los bolsillos, mientras ella lee y me dice que tres intentos bastan, pero miente, y yo caigo ante su naturalidad de hacerme feliz, porque con ella las oportunidades destilan y yo escribo.

Me gustaría decir que escribo sobre la tristeza, pero la luna, un helado, una musa y su sonrisa, son mezclas que espantan los versos tristes, y a cambio me quitan el sueño y se escabullen para adornar la vida.
Allí está, espero que suspirando o sonriendo, formando una media luna entre sus labios. Mientras tanto yo ya soy feliz, esperando que mi mala memoria no borre este día.

Sábado, 8 de febrero de 2020.

Me gustaría

Me gustaría tomarte de la mano
cavar en la inmensidad de tu sonrisa
y echar a volar junto a tus sueños mis sueños
replicar este insomnio, pero a tu lado
hinchados del silencio que se produce
cuando me robo la mejor luna de todas

Voy a declarar el misterio de una patria feliz
allí se ha escrito sin promesas ni letargos
la única verdad del amor que se busca:
se necesita solo de dos
un roce de manos como figura de dos estrellas
una explosión que se da en las mantas
y un patio que sirve de cama

Me gustaría tomarte nuevamente
ya no sé si de la mano o la cintura
creerme que esto de tener el control es lo mío
o implicar que se entiende todo sin palabras
huir de amores cobardes
como en las canciones de Silvio
o nombrar tu sonrisa y decir que he perdido
porque lo dulce y tierno no tienen lugar
te quiero: no es lo mismo que amar
pero así se inicia

Me gustaría tomar valor
intercambiar mis poemas y un poco de mi vida

echarme al ruedo y hacerte una declaración
decir: qué importa si dices que no
las lágrimas secan, así como el olvido
y aquí estamos
tú enamorada
y yo creando un infinito de aquella noche.

12 de febrero del 2020.

A veces

Pienso en ti y se rompe el equilibrio
porque la serenidad es
una absurda retención de la locura
y yo prefiero que todo se desate
cuando se trata de pensarte

a veces pretendo decirte más de dos palabras
pero te lanzo una canción
y pretendo que te golpee por los oídos
y baje directo a corazón y aterrice
en tus pies y te lleven a mí

y pretendo tocar tu puerta
tanto como me sea posible
aunque se formen heridas y estas me duelan
y la luna me diga basta
y las noches parezcan absurdas
y el mar me alcance en pleno febrero

a veces me juego la vida en cosas absurdas
lo sé muy bien
y resisto a mi mala suerte
por no saber contar margaritas
pero luego recuerdo tus cabellos
y entonces pretendo ser el que se ausenta
para exponer debajo de la mesa
cómo se construyen refugios
y se guardan por docenas los recuerdos
de esa bella locura de tu sonrisa

porque todo conecta como un misterio
a la soberanía de tus palabras

y el misticismo alrededor de todo lo que tocas
porque tienes derecho a todo
incluso a reclamar el olvido
y devolver el equilibrio o la locura

a veces existes en mis sueños
pero existes mejor cuando se asoma la luz
y yo creo que te conozco más
y yo creo que estás allí
y yo creo que eres serena
y yo creo que eres mágica
y que eres Luna
y que eres real
y por eso te extraño más.

14 de febrero del 2020.

Momentos

I. (Des)orden

La vida es bella
cómo una hora se convierte en tres/un infinito
descubrir sus secretos
apreciar su sonrisa
impregnarme de ella
soñar despierto en su voz
mirarnos aunque sea yo quien pierda
ella siempre gana
esperarla no me importa
morirme con un amor como ella
admirar su rebeldía
apreciar el silencio
creer que es perfecta
notar las marcas en sus manos
ver el jardín que forma cuando camina
sus pies que sanan cicatrices
que lo importante es el tiempo con ella
ver la verdad en sus ojos aún cuando guarda silencio
y cómo su boca quiere pronunciar sinceridad
sus dedos sobre su mejilla
y una despedida que no quiero
y la tomo esperando que no se vaya
la esperanza que me regala en su sonrisa
y la gratitud que da es igual de inmensa que la paz que me
deja
perfecta

II. Preludio

Hay una frase que siempre le menciono a quienes van perdiendo la esperanza, y es que aún al final del día todo puede cambiar; y por eso, la vida es bella. Ver cómo una hora se convierte en tres/un infinito, donde todo empieza como un juego de decirnos si en realidad iré o no, pero tomo la única oportunidad que veo y no dudo en decir que sí, aunque ella se muestre incrédula o quién sabe.

Parezco nuevo en las cuestiones del amor, me emociono con facilidad y trato de no mostrar que estoy nervioso. Conforme pasan los minutos hablamos de todo un poco. Todo es válido si se trata de hallar entre sus palabras algo para no olvidarla. Y entre sus palabras, descubrir sus secretos, mientras uno aprecia su sonrisa, y el ambiente y yo buscamos formas de no olvidar el momento. Después de todo, busco impregnarme de ella, y que sea tan inevitable soñar despierto en su voz.

Hoy, mientras nacía el silencio y también la sonrisa, como quien inventa el amor, ocurrió la magia: nos miramos, y hubiera querido morir así... y mirarnos aunque sea yo quien pierda, porque ella siempre gana.

Y qué va, sabes, esperarla no me importa; total, la distancia perece en sus dedos como los segundos sabiendo que está tan cerca. Lo confieso, no me molestaría morirme con un amor como ella y enterrar el pasado mientras la luna cava su luz por debajo de las olas que tanto anhelan sus pies. Es que en cuestiones del amor uno no sabe diferenciar entre amor o rebeldía, ella sonríe y tal vez eso sea rebeldía, ella guarda silencio y eso tal vez sea rebeldía, y a mi no me queda más que eso, admirar su rebeldía, apreciar el silencio... creo que es perfecta. Perfecta aún al notar las marcas en sus manos, como huellas de las batallas de su corta vida, porque me queda claro que ha dado pasos en busca de su libertad, para que la Luna y yo podamos ver el jardín que forma cuando camina y sus pies que sanan cicatrices iluminen el tiempo.

Voy a echarme a buscar verdades: ¿que lo importante es el tiempo con ella? Sí, no importa cuánto, porque cuando no buscas, la vida triplica el tiempo. ¿Ver la verdad en sus ojos aún cuando guarda silencio? Sí, lo cierto es que dice más cuando calla, y me aferro a creer que algo bueno está pasando. ¿Y cómo su boca quiere pronunciar sinceridad? Me costaría tener que aceptar la idea de que las musas mienten.

Pero el tiempo, medida hecha para los mortales, no perdona, y en medio de la locura, ella anuncia su retiro, lleva su dedo sobre su mejilla y me señala un poco del paraíso al que puedo acceder. Debo cuidarme de no ser imprudente, y una despedida que no quiero es inminente. Pero yo, yo... y la tomo esperando que no se vaya, pero entonces entiendo que aún hay cosas que no son posibles y debo aceptarlas aunque no las entienda. La esperanza que me regala en su sonrisa y la gratitud que da es igual de inmensa que la paz que me deja. Y así termina este día, tal vez un día para renunciar a todo, creerme capaz de todo, y recitar algunos versos para dejar dicho que ella es... perfecta.

16:09 - 19:06 | 17 de febrero del 2020

Nunca hay culpables, solo cómplices

A decir verdad, la noche era muy propicia para la complicidad. Ella tenía veintitrés, y a mí ya me llevaba la soledad y el tiempo, me habían atrapado las tres décadas con su misterio y superficiales amores para los que buscan y no hayan; con lo que podría concluir que eso de que el que busca encuentra no aplica en el amor.

Vaya forma de dedicarme a rendir homenaje al olvido, al desamor, a la tristeza, que al final, para mí, son lo mismo. Estaba buscando la manera más sutil y menos vergonzosa o atrevida de tomarle la mano, y decirle vamos, creo que por aquí sería bonito caminar. Pero antes, crear la manera menos cobarde de decirle que me gustaría salir con ella e invitarla a sonreír por un par de horas. Sin embargo, hay ciertos placeres que la vida te niega en forma de palabras, como esas crueles: «lo voy a pensar», que de por sí ya las odio, y dudo que les agarre cariño. Vencer ese muro debería ser mi primera preocupación, mientras tanto seguiré colgando poemas allí.

A veces me gustaría creer que ella piensa en mí como yo pienso en escribirle un verso, o tal vez, como cuando tomo ese paraíso perfecto azul para descansar mi tristeza. Hay una deuda que le tengo a mi corazón, y es que no sé cómo contarle que las margaritas ella las cambia por tontas sonrisas o su forma de trabarse al querer decir algo. Y mi corazón que poco sabe de negación, se entorpece más cuando ella nuevamente nos dice: «lo voy a pensar».

Pero allí estamos, siendo cómplices por momentos, culpables de las circunstancias, yo por llegar antes, porque hasta en eso soy puntual, y ella solo por ser ella. Pero cómplices absurdos de la noche, tontos cómplices, o tal vez solo yo cómplice de mis intenciones.

20 de febrero del 2020.

Pienso en ti

Yo: eres lluvia.
Ella: soy un cactus.
Yo: también.
Ella: ¿por qué soy lluvia?

No sé si ella haya contado cuántas veces he suspirado en su presencia, inevitablemente se vuelve imposible fingir que pienso en querer tomarla de la mano. Los suspiros son la forma en la que el corazón quiere pronunciar sus argumentos. Y aunque yo no sepa responder preguntas necesarias como: por qué me gusta, creo que es mejor contemplarla, morir en ese intento de ser feliz; de por ejemplo, creer que ella sonríe y es por mí, mientras el mar quiere acariciar sus pies y unos pelícanos juegan al borde de las olas.

No me cuesta esperar si se trata de ella, llegando pensativa, ansiosa... aunque mi corazón prefiera creer que camina con cierta timidez. Y luego el vaivén del momento hace que sorteemos los pasos por la multitud. Pero disfruto del momento. Entonces, ella se opone a mis atenciones, o es que soy demasiado cursi y la ternura ya pasó de moda, pero sonrió y ella ríe, juega, y yo sigo bebiendo de su magia.
La tarde ha caído, y la noche con la luna ausente se suma a esta complicidad unilateral que de costumbre me regala su voz. Y allí está ella, amando la noche y el mar; el caos que puede ser reposa en sus ojos e intento grabar cada instante, recordar cómo baja a la arena, y quiere compartir su magia al mar, pronuncia con seguridad palabras que el cielo entiende, y entonces garúa, y yo creo que no es por tristeza; y ella sonríe sin razón. Debo entender: he perdido la razón, porque soy un simple mortal y ella es inalcanzable.

Eres lluvia, te extiendes por el Cielo y así creo que eres feliz. Eres lluvia, porque anuncias tu llegada e ingresas sin permiso, recorres el silencio de la piel en busca de un refugio en medio de hoyuelos y un corazón que solo sabe pronunciarte. Eres lluvia: impredecible, caótica y serena.

Y en medio de tanto, hoy es la tercera vez, y ella debe marcharse. Puedo anunciar que ya conozco la felicidad, o parte de ella. Y me despido, ideando alguna forma de que me extrañe un poquito más que poquititito, ideando alguna forma que todo esto, algún día, su corazón lo logre entender.

Lunes 2 de marzo del 2020.
Ya no importan las horas.

www.ingramcontent.com/pod-product-compliance
Lightning Source LLC
LaVergne TN
LVHW051511170726

843492LV00002B/876